Fabienne Blanchut
Ariane Delrieu

Magique

Péri

Une rentrée mouvementée

Albin Michel Jeunesse

Aux femmes inspirantes et audacieuses de ma lignée maternelle :
mon arrière-grand-mère Hermine, mon arrière-grand-tante Erna,
ma grand-mère Élia, ma mère Élisabeth, ma tante Sylvie,
ma sœur Ève et ma nièce Rose.
F. B.

À mes deux jolies sorcières…
Coraline, cette collection t'accompagnera
dans tes premiers pas de grande lectrice, j'en suis sûre…
Et ma mini-Cerise, c'est ta jolie couette
qui m'a inspiré celle de Péri !
A. D.

Chapitre 1

Le retour de Bandelette

– Bandelette pour Péri. Je répète, Bandelette pour Péri. À toi.

Dans la chambre de la jeune sorcière, le *Bla-Bla*[1] offert par Tatie Beth crachote. Sans hésiter, Péri délaisse son tirage du *Tarot des Animaux Totem*, un des plus difficiles à maîtriser, et plonge sur son lit recouvert d'un volumineux édredon.

1. Ce qui ressemble le plus à un talkie-walkie dans l'*Autre Monde*.

D'une main, elle attrape l'appareil posé sur sa table de chevet-crapaud.

–Je te reçois. Infini sur infini.

Si Bandelette, le meilleur ami de Péri, n'avait pas été une momie, mais un enfant sorcier comme elle, ils auraient pu communiquer par la pensée, mais ce n'est pas le cas, d'où l'utilisation des *Bla-Bla* dont les deux enfants usent et abusent. D'ordinaire, ils s'appellent pour un oui ou pour un non. Mais aujourd'hui, c'est la première fois depuis six semaines. Bandelette vient de rentrer de colonie d'immersion en égyptologie, où évidemment toute forme moderne de communication était interdite.

– Tu en as mis du temps, à m'appeler ! ronchonne Péri. À toi.

– Toujours en train de rouspéter. Je suis rentré hier. À toi, rétorque Bandelette.

– Tu m’as manqué, espèce de pansement qui pue ! À toi, rigole Péri.

– Toi aussi, sorcière ver de terre. Tu viens ? À toi.

Péri, couchée sur le dos et les jambes en l’air, tire sur son gros orteil.

– Je réfléchis, car j’ai des trucs à faire.

Puis elle éclate de rire.

Imperturbable, Bandelette déclare :

– Maman a préparé ton goûter préféré. Dépêche-toi, sinon je vais tout engloutir. Terminé.

L’appareil crachouille et le silence se fait. La jeune sorcière se lève d’un bond, claque des doigts et récite :

– *Druide, Furtif, Cracheur de feu et autres Singuliers, regagnez l’étui maudit.*

Puis elle ouvre sa penderie, se chausse et dit :

– Biff, on y va.

Pendue à la tringle, Biff cligne d'un œil et le frotte du bout de l'aile. C'est une *Bétamorphe*, un robot-animal en forme de chauve-souris que Péri utilise pour ses déplacements à Sale-Frousse. Les balais, même si elle sait les piloter, n'ont jamais eu sa préférence.

– Allez, parcsscuse ! On se rejoint dehors. La dernière arrivée est un scarabée !

Péri ouvre la fenêtre de sa chambre, puis descend le grand escalier du manoir en courant. Sur le perron, elle retrouve Biff qui a déployé ses grandes ailes parapluies. Ses pattes arrière s'arriment aux épaules de Péri qui ordonne :

– Droit chez Bandelette ! Vitesse maximale.

C'est plus une fusée à réaction qu'une chauve-souris robot qui s'élève dans le ciel, dérangeant un conciliabule entre deux corbeaux, dont Farrow, le *Familier*[2] de Péri.

2. Animal domestique des sorciers.

Chapitre 2

La fin des vacances

Assise sur le sarcophage qui fait office de lit pour Bandelette, Péri termine sa bouchée de *Crunchy-Miam*[3] avec un grognement de satisfaction.

– C'est trop bon !

Bandelette hoche la tête.

– Tiens, au fait, je t'ai rapporté un cadeau, dit-il en lui tendant un paquet.

3. Goûter dont la recette est tenue secrète.

C'est une amulette[4] représentant le dieu égyptien Amon-Rê. Péri la trouve ravissante.

–J'ai appris qu'il était un peu sorcier sur les bords et surtout, le plus puissant des protecteurs… Un peu comme ta grand-mère et comme tu le deviendras, toi aussi.

Péri est émue. Elle serre Bandelette dans ses bras.

–Raconte-moi ce que tu as fait. C'était bien ?

Bandelette explique que cette année, il a appris à déchiffrer les hiéroglyphes sur des papyrus, à construire des pyramides miniatures et à faire du ski sur le sable.

–Waouh ! s'exclame Péri, impressionnée.

–Et toi ? Tu as fait quoi pendant les vacances ?

–J'ai décodé plein de vieux grimoires de sorcellerie, fait de grandes balades avec Farrow et réaménagé mon mausolée, il faudra que tu viennes voir. Mais… j'ai été souvent seule. Jusqu'à la semaine dernière, Squelette était à une retraite de yoga, Mamygale et Chantal sont encore à des concours

4. Objet considéré comme magique.

d'araignées,
Maman travaille sans relâche sur sa *Maîtrise en déplacements furtifs* et Papa, eh bien, Papa, lui, s'occupe nuit et jour de Cornichon.

–Pourquoi tu ne le *dévisses* pas ? demande Bandelette.

Péri le regarde, horrifiée.

–T'es fou. C'est dangereux ! C'est au bébé sorcier de choisir sa date de naissance et de pousser le couvercle de son bocal.

–Tu y es restée longtemps, toi ?

–Jusqu'à la lune violette. Mais je soupçonne mon frère de vouloir rester le plus longtemps possible avec Papa : il le trimballe partout.

Péri reste silencieuse un moment. Puis elle retrouve le sourire et demande :

– Bon, on joue à quoi ?

Bandelette jette un regard sur sa tablette de scribe, où reposent des livres.

– À rien. Il est tard et j'ai promis à Papa de regarder le programme scolaire qui nous attend cette année.

– Quand l'as-tu reçu ?

– Il y a trois jours, je crois. C'est Maîtresse Pims qui l'a apporté à la maison.

Péri se gratte la tête. C'est étrange ! Aucun livre d'école n'est arrivé au manoir. À moins que Squelette ne les ait réceptionnés et ait oublié de les lui donner. Oui, ça doit être ça. Forcément !

Chapitre 3

Livrée à domicile

Pendant le vol de retour, Péri est tracassée, mais elle est bien décidée à élucider cette histoire de livres. Arrivée au manoir, elle détache son harnais et se libère des pattes de Biff. Elle pousse la lourde porte d'entrée. Il faut un peu de temps pour que ses yeux s'habituent à la pénombre dans laquelle est plongé le hall. Énora, sa mère, déteste la lumière,

et quand Mamygale n'est pas là, le soleil entre seulement par une fenêtre. Pour l'heure, il réchauffe de ses rayons la septième marche du grand escalier. Été comme hiver, c'est la place préférée de Matou-Salem. Le vieux chat pelé bâille lorsque Péri lance à la ronde :

– Hou ! Hou ! Y a quelqu'un ?

Un fantôme sort de la vieille armoire du corridor.

–Pas toi, voyons ! fait Péri.

–C’est parce que j’ai entendu « Hou ! Hou ! », explique le spectre, vexé.

–Oui ben, « Hou ! Hou ! » les autres, pas « Hou ! Hou ! » toi. Va hanter le grenier, lui ordonne la fillette. Squelette ? Maman ? Papa ? Vous êtes là ? reprend-elle en criant.

Tandis que Péri envoie Biff dans sa chambre, Squelette, le majordome du manoir approche.

–Miss Péri ?

–Ah, Squelette, te voilà ! Tu vas pouvoir éclaircir un détail qui a son importance. As-tu réceptionné et recouvert mes livres d’école ?

Squelette s’apprête à répondre quand, l’air fâchée mais majestueuse, la mère de Péri sort de son bureau.

– J'espère que tu as une bonne raison de nous déranger, grommelle-t-elle à l'intention de sa fille.

– Plutôt, oui. Je demandais à Squelette où étaient mes livres d'école. Et puis, au passage, je n'ai plus aucune fourniture scolaire, et je te rappelle que la rentrée des classes, c'est après-demain, au cas où tu l'aurais oublié.

Énora devient rouge cramoisi. Squelette baisse son menton sur sa poitrine. Et voilà, c'est reparti pour un tour !

– Wilbur ! hurle Énora, les doigts crispés autour d'un grimoire. WILBUR !

Du haut de l'escalier,

le papa de Péri se penche par-dessus la rambarde. Il descend les marches lentement, tenant dans ses bras le bocal où nageote son fils.

– Tu m'as appelé, *ma mocheté* ? interroge Wilbur Appfelstruddel d'une voix douce.

– Rassure-moi… Tu as bien eu LA discussion avec notre fille ?

– À propos de… ?

Énora manque de s'étrangler.

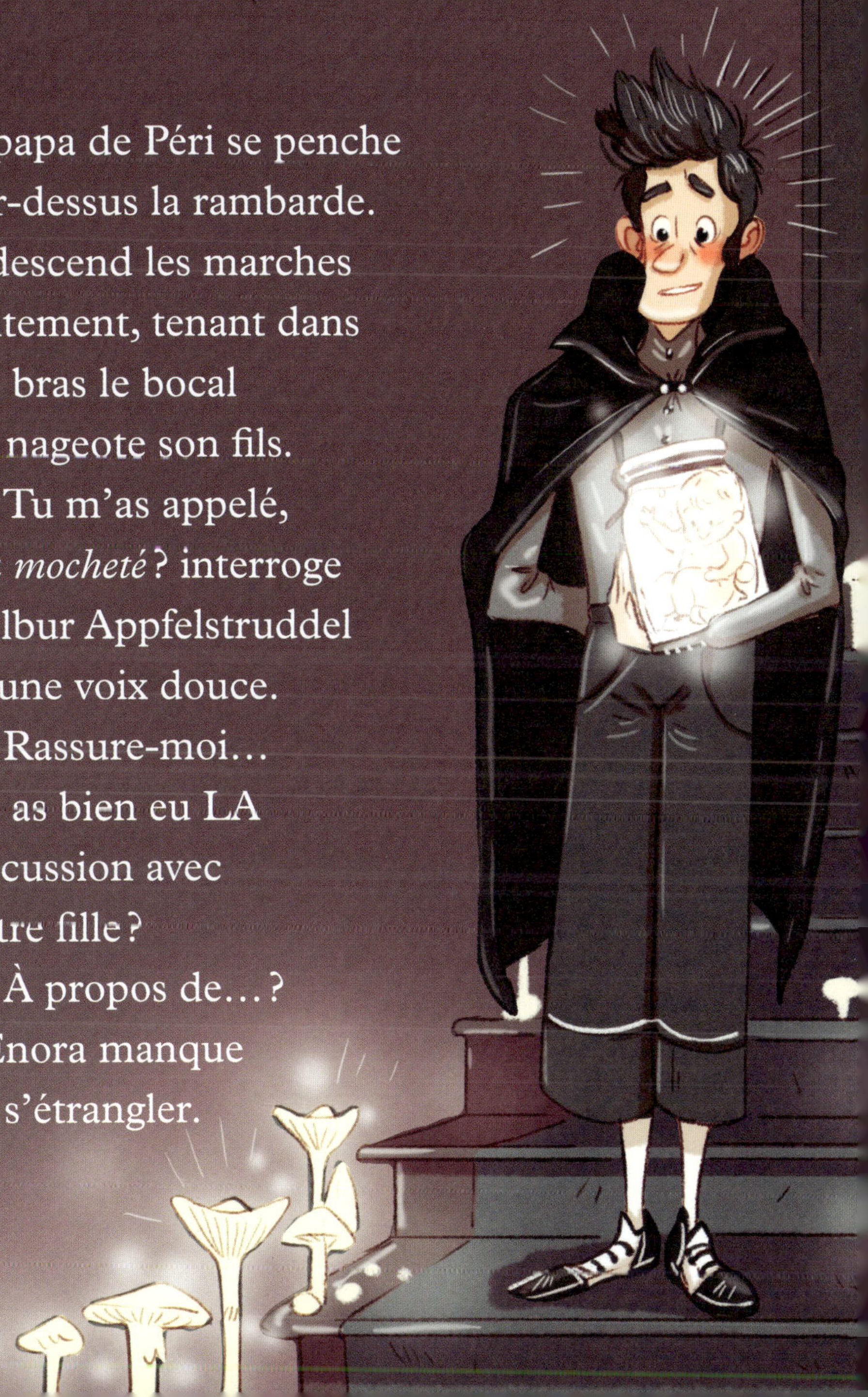

Chapitre 4

Du rififi au manoir

C'est Péri qui réexplique :

– On parlait de l'école qui reprend après-demain, de mes livres et des fournitures que je devais recevoir. Ah et sinon, Bandelette m'a offert un cadeau : tu as vu, Cornichon ?

Dans son bocal, son petit frère applaudit. Il trouve l'amulette très jolie.

–Dagon… Il s'appelle Dagon, pas Cornichon, *nom d'un bouc*, soupire Énora. Alors ? interroge-t-elle une deuxième fois son mari.

Wilbur a oublié. Il se met alors à transpirer. Mains moites et pieds poites. De peur que son fils lui glisse d'entre les mains, il le pose sur le plancher.

–C'est-à-dire, *ma terreur*… commence-t-il, confus.

–Ouh, j'ai envie de *l'embrasser*[5]… s'énerve Énora. Une seule chose ! Tu devais faire une seule chose ! Mais non ! Tu passes ton temps à *bocâliner*[6].

Péri regarde tour à tour sa mère, son père, Squelette et son frère. Finalement, elle se lance :

–C'est quoi le problème ?

–Le problème, grince Énora, c'est que tu n'iras plus à l'école et que ton père devait te le dire.

–Ça m'étonnerait. C'est obligatoire dans l'*Autre Monde*, et à Sale-Frousse aussi, rétorque Péri en haussant les épaules.

–Tu es une future Suprême et dans ton cas, la règle ne s'applique pas.

–Si, s'entête Péri.

5. « De l'étrangler » dans l'*Autre Monde*.
6. Câliner un bocal dans l'*Autre Monde*.

– Non, affirme Énora. Tu dois maintenant suivre un enseignement spécialisé et complexe, avec un précepteur particulier.

– *J'ai super hâte et l'adore déja*[7], fulmine Péri.

– C'est sans importance, réplique Énora. Il arrive demain et t'instruira, comme il l'a fait pour moi.

– Jamais, jamais et jamais ! s'époumone Péri en colère qui, en ça, ressemble soudain à sa mère.

Énora tape nerveusement du pied en plantant ses yeux foncés dans ceux de son mari. Il se peut que ce soir, il doive dormir dans son laboratoire.

7. « Je n'ai pas envie et je le déteste déjà » dans l'*Autre Monde*.

Chapitre 5

Tatie Beth
à la rescousse

Péri souffle et tempête. Énora gronde et tonne. Wilbur bafouille et s'embrouille. Squelette baisse la tête. Seul Dagon, indifférent à l'ambiance électrique, fait des galipettes arrière dans son bocal, trop content d'avoir un public. La porte d'entrée s'ouvre à la volée. Farrow fait irruption en premier, suivi par Tatie Beth.

Péri se jette dans les bras de sa tante.

– On vous entend depuis les berges du lac Pourpre. Que se passe-t-il encore ?

Tout le monde tente de le lui expliquer en même temps. La cacophonie est insupportable. Matou-Salem déguerpit, les portraits dans les cadres se bouchent les oreilles et les cafards plient bagage.

– STOP ! crie Tatie Beth.

Le silence tombe d'un coup. On entend juste le bruit des serres de Farrow sur le parquet. Du bec, il trace dans la poussière en guise d'explication :

ÉCOLE

– Maman dit que je n'ai plus le droit d'y aller, rapporte Péri.

Tatie Beth soupire profondément.

–Je croyais que cette coutume absurde avait été supprimée après ton exploit, fait-elle remarquer à sa grande sœur.

–Quelle coutume? demande Péri.

–Celle qui veut que l'aîné des enfants des Suprêmes ait, à partir de cent[8] ans, un précepteur à domicile…

Péri manque de s'étouffer.

–Ça veut dire que Cornichon sera instruit à l'école?

–Il s'appelle Dagon, intervient Énora.

Farrow, qui a maintenant trouvé refuge sur l'épaule droite de Squelette, met sa tête sous son aile. Il ne veut plus rien entendre, ni voir.

–Qui sera ton précepteur? demande Tatie Beth.

8. À Sale-Frousse, les âges sont multipliés par 10: cent ans équivalent à dix ans dans l'*Autre Monde*.

–Je ne connais pas son nom, mais ce sera celui que Maman a eu quand elle était petite.

–Ouaf… Le retour de Médor, gémit Tatie Beth.

–Il s'appelle Brégor, pas Médor, soupire Énora. C'est le meilleur, et la famille a une dette envers lui.

–TU as une dette envers lui. Pas moi, pas Péri. Ni personne d'autre, se fâche Tatie Beth.

Les deux sœurs se toisent. Les sortilèges sont sur le point de fuser, quand le coassement de crapaud qui signale l'arrivée d'un invité retentit. Quelqu'un patiente devant l'entrée.

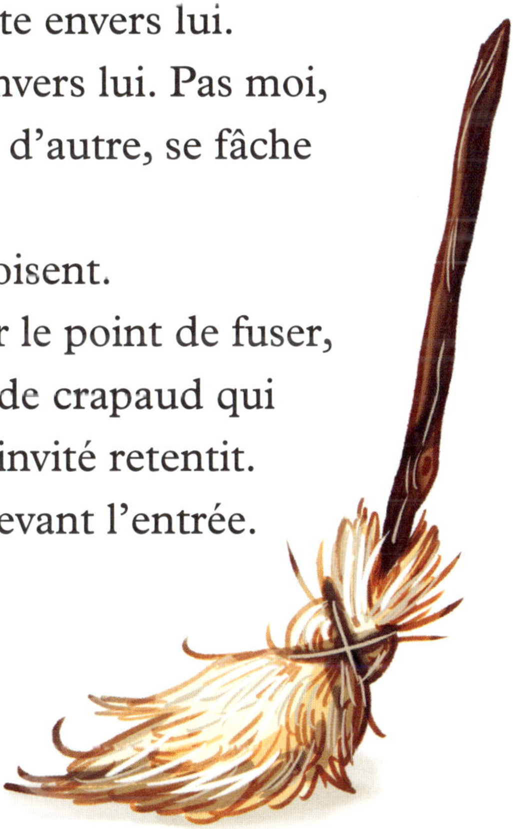

Chapitre 6

Qui encore ?

Squelette va ouvrir la porte. Des mots de *malvenue* sont échangés sur le seuil.

– *Mauvais jour*, Squelette. Vous n'avez pas changé, dit le visiteur.

– *Malheur sur vous*, Maître Brégor, répond le majordome. On ne vous attendait pas avant demain.

– Je ne sais jamais si mes pattes supporteront un long trajet, alors je pars toujours en avance.

Squelette comprend tout à fait. Il souffre lui-même des rotules.

– C'est lui, souffle Tatie Beth à l'adresse de Péri, qui se tient près d'elle. Je reconnais sa voix.

Squelette et l'invité pénètrent dans le grand hall.

– Mais, c'est un chien, murmure la jeune sorcière. Avec des lunettes.

Énora s'approche de son ancien précepteur.

– Comment était votre voyage, Maître ? s'enquiert-elle.

– *Épouvantable. À ne pas mettre une patte dehors.* J'ai fait un détour par la serre de votre mère, mais elle n'y était pas.

– Effectivement. Elle ne revient que demain, après le mois des concours arachnéens[9].

– Toujours animée par sa passion !

– Toujours. Mais laissez-moi vous présenter ma fille, Péri, dit Énora en se retournant.

Mais Péri et Tatie Beth ont disparu. L'une par une porte dérobée, l'autre en un claquement de doigts.

– Péri, appelle Énora. Péri. PÉRI !

9. Relatif aux araignées.

Adossée à la porte de sa chambre, Péri se bouche les oreilles. Hors de question qu'un chien, aussi savant soit-il, lui enseigne… Quoi d'ailleurs ? À déterrer des truffes ? À rapporter une pantoufle ? À faire pipi en levant une patte ?

Évidemment, Péri pressent que son attitude va lui attirer une punition, mais qu'importe. Elle s'empare de son *Bla-Bla*.

– Péri pour Bandelette. Tu m'entends ?

Dans la chambre sous le toit pyramidal de la maison familiale, l'appareil de Bandelette émet un signal.

– Je te reçois, Péri. Ça va au manoir ? À toi.

– *Un véritable conte de fées*[10]. Ma mère m'a pris un précepteur particulier. Et tu sais quoi ? Il est déjà là…

10. « Un film d'horreur » dans l'*Autre Monde*.

–*Bouse !* s'exclame Bandelette. À toi.

–Attends, tu ne sais pas le pire… Quand je dis « particulier », c'est vraiment particulier. C'est un caniche royal qui va me donner des cours !

Bandelette reste sans voix, tandis que Péri continue sa description.

–Il parle, porte des lunettes, et tout le monde, même Squelette, l'appelle « Maître ».

–Tu en as discuté avec ta grand-mère ?

–Négatif. Elle n'est pas encore rentrée…

–Fais-le aussi tôt que possible, conseille Bandelette. Terminé.

Péri le sait. Mamygale reste sa dernière chance. Il va falloir *flairer* la bonne opportunité pour la rallier à sa cause.

Chapitre 7

Quand les tracas de Mamygale et de Chantal...

– Si tu veux être la première
À parler à ta grand-mère,
Tu ferais bien de te réveiller
Et de rassembler tes idées.
Elle ne va pas tarder à arriver...

C'est avec ces mots que Farrow tire Péri du sommeil, tout en lui picorant gentiment le front. Péri se retourne en grommelant, s'étire et s'assoit dans son lit.

–Comment tu le sais ?

–Ta mère...

–Ne me parle pas d'elle de bon matin. Déjà que ma journée va être gâchée...

Péri repousse son édredon, saute au bas de son lit, se débarbouille et s'habille à l'aide de formules pour aller plus vite. Elle est en train de glisser une vieille baguette dans ses longs cheveux pour se coiffer, quand la porte d'entrée du manoir s'ouvre au passage de la Suprême. Depuis l'étage, Péri entend Squelette qui l'accueille.

–Suprême... Il faut que vous sachiez...

–Pas maintenant, Squelette. Je ne suis là pour personne et pas d'humeur.

–Bien, Suprême.

Péri et Farrow se regardent. Mamygale a sa voix d'outre-tombe, ce n'est pas bon signe. Elle ajoute :

–Apporte-moi ma liqueur de venin de crotale, mon verre spécial en cristal et quelques biscuits moisis. Enfin et surtout, ne dis à personne que je suis de retour. Je vais me reposer dans mon cabinet de curiosités.

Assise sur la dernière marche de l'escalier, Péri n'a pas perdu une miette de la conversation. D'habitude, au retour de ses tournées, Mamygale brandit tous les trophées remportés par Chantal, sa mygale. Mais là, visiblement…

***

Sur la pointe des pieds, la jeune sorcière rejoint Squelette qui s'affaire dans la cuisine. Il sursaute quand Péri pose sa main sur sa clavicule.

–Votre grand-mère ne va pas fort, murmure-t-il, inquiet.

–J'ai entendu. Laisse-moi lui apporter le plateau.

–Elle ne veut voir personne, précise Squelette.

–Et moi, je dois absolument lui parler avant Maman et son «toutou».

Squelette grince des dents.

–J'entends votre colère, Miss Péri, mais vous ne devez jamais critiquer les créatures sur leur physique et sans connaître leur histoire. C'est indigne de votre rang et de l'ouverture d'esprit qui caractérise Sale-Frousse.

Péri baisse la tête. Squelette a raison, évidemment…

–Je peux quand même parler à Mamygale ? demande-t-elle d'une petite voix. Dis oui, s'il te plaît !

Le majordome, qui aime Péri plus que quiconque, accepte.

***

Portant le plateau, Péri emprunte le petit couloir et frappe à la porte du cabinet de curiosités.

–Entre, fait la voix de la Suprême.

–C'est moi, Mamygale.

–Tu crois que je ne sais pas que tu as espionné ma conversation avec Squelette ? prévient la Suprême en se laissant tomber lourdement dans son fauteuil, tandis que Chantal

quitte son épaule et retrouve le confort de sa toile, entre les feuilles de sa plante carnivore. Elle aussi a l'air déprimée.

– On a échoué à toutes les épreuves des concours, se lamente la Suprême.

Péri n'a jamais vu sa grand-mère aussi triste.

Elle essaye
de la consoler :

– Chantal est une
championne, c'est vrai,
mais elle est très vieille
maintenant…

La Suprême détaille sa petite fille.
Péri poursuit :

– Elle va moins vite qu'avant,
n'entend plus très bien, n'a que trois
de ses huit yeux qui voient et…

– Et… ?

– Elle devrait prendre sa retraite,
tu ne crois pas ?

Mamygale semble abattue. Péri enchaîne :

– Si tu veux continuer les concours, je peux t'aider à trouver la ou le remplaçant de Chantal. On l'entraînera à l'épreuve de tissage, de grignotage de mouche, de sauts, de…

– Tout change si vite, se plaint la Suprême, perdue.

Chapitre 8

… sont autant d'atouts dans la manche de Péri

Habilement, Péri saisit l'occasion.

- Le monde évolue, c'est vrai, mais ce n'est pas si mal… D'ailleurs, je dois te parler de…

La Suprême sourit pour la première fois depuis son retour. Elle connaît sa petite-fille par cœur et attend de savoir comment la fillette va lui présenter sa requête. D'abord, Péri raconte sa stupéfaction quand elle a appris qu'elle n'irait plus à l'école. Elle enchaîne ensuite avec les disputes qui s'en sont suivies et l'arrivée du précepteur qu'elle a refusé de saluer. Elle conclut :

– Je comprends mieux dorénavant auprès de qui Maman a appris à aboy…

– Péri ! gronde Mamygale.

– C'est vrai, quoi. Elle grogne tout le temps.

– Avant de juger à l'emporte-pièce, tu dois savoir plusieurs choses importantes au sujet de ton précepteur, explique la Suprême.

Péri croise les bras sur sa poitrine et écoute d'abord d'une oreille, puis attentivement.

–Maître Brégor est un *Animalus* : un humain devenu animal. Car il n'a pas toujours été un chien, c'est ta mère qui l'a transformé, sans faire exprès.

–Mais comment ? demande Péri, intriguée.

–On ne sait pas vraiment. Cela s'est passé pendant une leçon. Lorsqu'elle était petite, ta mère bégayait. Avec Papirat, on a supposé qu'Énora devait être en train de réciter une formule quand sa langue a fourché. J'imagine qu'elle a dit « toutou » au lieu de « tout », et BIM !

–Et personne, même pas toi, n'a réussi à lui faire reprendre son apparence d'avant ?

–Non… Malgré mes potions de retour d'amnésie et mes sorts d'antan, Énora ne s'est jamais souvenue de ce qu'elle avait dit.

Péri n'en revient pas, mais ne veut pas se laisser attendrir. Mamygale poursuit :

– Malgré cela, Brégor a accepté, sans se plaindre, sa condition et ma proposition : celle de continuer à enseigner à ma descendance. C'est un savant brillant !

Péri prend son courage à deux mains :

– Je n'ai pas de problème avec l'idée d'avoir un précepteur particulier, et qu'il soit un chien, une girafe ou une licorne m'importe peu, mais je voudrais continuer à aller en classe avec les autres. Je crois que c'est nécessaire !

Mamygale marque sa surprise et encourage Péri à poursuivre son raisonnement.

– Toi, Mamygale, quand tu es devenue Suprême, il n'y avait quasi que des sorciers ici.

C'était normal que ton enseignement te distingue des autres. Quand Maman était petite, si les grimoires d'Histoire ne mentent pas, beaucoup de *Singuliers* sont arrivés et tu as accueilli : des momies, des zombies, des *Bétamorphes* et plein d'autres créatures. Maman, qui est un peu snob, les a ignorés et du coup, ils ne sont pas à l'aise avec elle. Aujourd'hui, les sorciers sont en minorité et je crois que, pour devenir une grande Suprême, il est important de connaître celles et ceux sur qui j'exercerai mon autorité. Ils protégeront ma vie et défendront mieux Sale-Frousse s'ils m'apprécient. C'est plus logique que magique, tu vois ?

Mamygale boit une gorgée de liqueur de crotale.

– Attention, Péri ! Si je réalise ton souhait, cela veut dire que tu devras travailler deux fois plus, annonce la Suprême en se levant. Et me prouver, ainsi qu'à ta mère, par de bons résultats, que j'ai eu raison de prendre, encore, ta défense.

– Promis, jure l'héritière.

– Bien. Je vais informer qui de droit de ces changements.

Les deux sorcières se dévisagent.

– *Je te déteste*[11], Mamygale, confie Péri en se jetant dans les bras de sa grand-mère.

– Moi aussi, *ma petite pourriture*[12], conclut la Suprême en chef en posant une main sur la tête de sa petite-fille.

---

11. « Je t'aime » dans l'*Autre Monde*.
12. « Ma petite chérie » dans l'*Autre Monde*.

Chapitre 9

Trois semaines plus tard…

L'arrangement trouvé fonctionne à merveille, et Péri travaille d'arrache-pied : à l'école le matin avec ses camarades, au manoir l'après-midi avec Maître Brégor. Le soir, en entraînant Solal, le remplaçant de Chantal, elle apprend les vertus des plantes guérisseuses avec sa grand-mère, à qui elle raconte tout

de ses journées : l'exposé d'horreur sur les fées qu'elle a présenté avec les jumelles Minus et Géante, la langue des mages que son précepteur lui enseigne, mais aussi la marche des zombies, le fameux laçage des bandes pour momies, le mécanisme des *Bétamorphes*. Hier, elle a fait une démonstration de pilotage de balai.

–Ils n'étaient pas doués, rigole Péri tout en dressant devant Solal un obstacle à escalader.

Après le dîner, la future Suprême se couche, épuisée mais ravie. Et *pire*, même Énora ne trouve rien à redire !

***

–Que ta journée soit *horrible*, lance son père comme chaque matin.

–Et la vôtre aussi, répond Péri en tapotant sur le couvercle du bocal de Cornichon, qui agite sa petite main.

En classe, Maîtresse Pims fait l'appel. *Bandelette. Présent. Ilfükir. Présent. Éthel et Esther. Présentes. Malicia. Présente. Tulkas…*

Les enfants se regardent. Ils n'ont jamais entendu ce prénom. À côté de Péri, une chaise se recule et un hologramme[13] apparaît.

–Présent, lance une voix. Excusez-moi, je n'arrive pas encore à stabiliser longtemps mon image, explique-t-il. Je suis le fils de la femme et de l'homme invisibles. Nous venons d'emménager à Sale-Frousse.

La chaise retrouve sa place et l'image se brouille lentement.

13. Image en 3D, comme suspendue en l'air.

–Moi, c'est Péri, murmure Péri en rougissant, tandis que la maîtresse continue l'appel.

–Je sais qui tu es… Notre future Suprême, répond-il en s'estompant totalement.

Le cœur de Péri bat la chamade. Il faut dire que Tulkas est très beau…

Mamygale, qui observe la scène à travers sa boule de cristal, s'exclame :

–Ah, ma Chantal, en voilà une autre affaire ! Il semblerait que Péri vienne de découvrir l'*amour flou*.

22, rue Huygens, 75014 Paris
www.albin-michel.fr

Loi n°49-956 du 16 juillet 1949 sur les publications destinées à la jeunesse
modifiée par la loi n°2011-525 du 17 mai 2011.

Conception graphique : Delphine Guéchot
Dépôt légal : septembre 2021 ~ N° d'édition : 24543/01
ISBN : 978-2-226-46359-3 ~ Imprimé en France chez Pollina s.a - 99113B